袋背負いの心

新釈古事記伝〈第一集〉

阿部國治・著
栗山　要・編

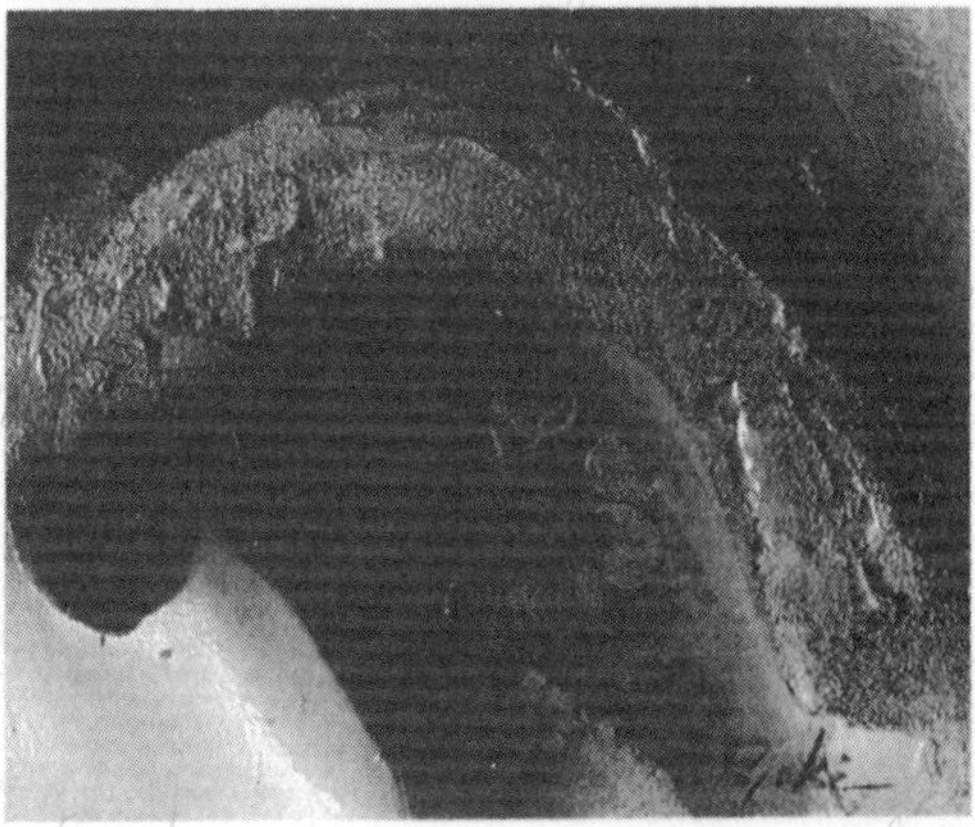

致知出版社

◇ 著者紹介

明治30（1897）年、群馬県勢多郡荒砥村（前橋市城南町）に生まれる。荒砥村尋常小学校、群馬県立前橋中学校、第一高等学校を経て、大正10年東京帝国大学法学部英法科を卒業。大学院に進む。同大学副手。昭和２年東京帝国大学文学部印度哲学科卒業。私立川村女学院教頭、満蒙開拓指導員養成所教授、教学部長を経て、私立川村短期大学教授、川村高等学校副校長となる。主な著書に『ふくろしよいのこころ』『まいのぼり』『しらにぎて　あおにぎて』等がある。昭和44（1969）年、死去。笠間市月崇寺に葬る。

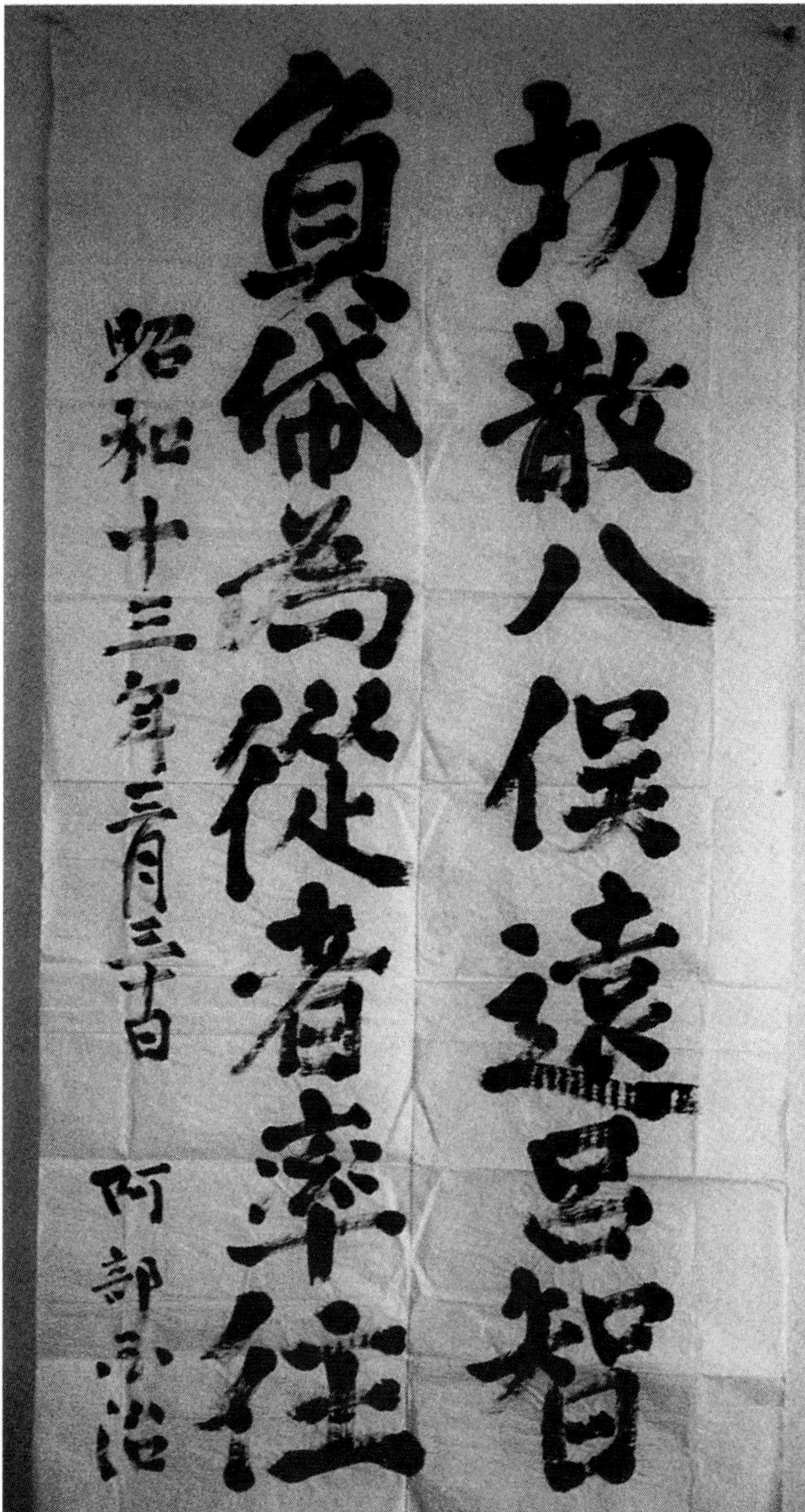
昭和十三年三月三十日
阿部

切散八俣遠呂智《きりはなつやまたのおろち》
負袋爲従者率往《ふくろをしよいともびととなりていきき》

意訳すれば

「八俣遠呂智（八岐大蛇）を遠ざけて、袋を背負い、従者となって、人生を歩いていこう」

ということになろうか。

『日本書紀』には、八岐大蛇について「頭と尾がそれぞれ八つあり、眼は赤酸漿（あかほおずき）のようである。松や柏が背中に生え、八つの山・八つの谷の間いっぱいに広がっていた」

と書いてある。

そして、前後の記事から推察すると〈若い女と酒が大好きだった〉ようである。言ってみれば、周囲を睥睨する権力者の象徴であろう。

「その八俣遠呂智のような権力者の生き方と決別して、大国主命のように、袋を背負って、世の中の下積みになるような仕事をしていこう」

というのが、筆者の決意だったに違いない。

事実、筆者は東京帝国大学法学部英法科首席卒業という栄光を擲ち、疲弊にあえぐ農民救済のために、地下足袋を履いて、全国の村々を歩いている。

そのままに進めば東京帝国大学法学部教授、官界に入れば高級官僚への道が約束されていたであろう人生を自ら拒否して『袋背負いの心』に徹したのである。

（解説　栗山　要）

袋背負いの心

目次

目次

はしがき

「『古事記』の味わい方には、このような味わい方もある」

というつもりで、折々《おりおり》に話しておりましたところが
「話すのなら書いてください」

という人が現われましたので、その奨《すす》めに従って書いておりましたところが、だんだんと積ってきました。

「積ったのなら、参考にしたいので、まとめてください」

という人が出てきましたので、また、その進めに従うことにしました。

そこで、この際、日頃から気にかかっていることを、一言いわせていただきたいと思います。

お話しすることは、どんなに努力しましても、それは心に映る『古事記』

のありのままの姿ではありません。心に映る『古事記』のありのままの姿は、とても話で表わすことはできないのであります。

そう思いながら、話しておりますが、心の鏡に曇《くも》りがないかとも、心配されるのであります。しかも、それを書くとなると、いよいよ過《あやま》ちが多くなることは明らかであります。このような気持ちで、話したり書いたりしておりますので、それをまとめて一冊の本にするということですから、何ということなしに、心の痛みを覚えるのであります。

それならば、なぜそんな気持ちでいながら、あえて『古事記』の話をしたり、書いたりするのかということになりますので、そのことについて、ありのままに申しあげます。

私は筧克彦《かけいかつひこ》先生によって、魂の目を開いていただきました。そしてまた『古事記』の味わい方に本道のあることを悟らせていただきました。

それ以来、いつもいつも『古事記』と取り組んでおります。『古事記』

を味わいながら、あるときは泣き、あるときは喜びつつ、日常生活の指導原理を全部『古事記』の中から汲《く》み取っております。いわば『古事記』は汲んでも汲んでも汲みきれることのない泉のような〝たましい〟の糧《かて》なのであります。

　このような気持ちで現代のわが国の有り様を見ると『古事記』の扱い方が本道を歩んでいないような気がいたします。〈通俗的な解釈にも、学者と言われる人たちの解釈にも、本道を歩いているものがないのではないか〉というような気がするのであります。

　そこで『古事記』の取り扱い方と、その解釈の仕方とに、本道の開けることを願うあまりに、そのときそのときの心に映ったままの『古事記』の姿を、話したり書いたりする気持ちになっているのであります。

　このようなわけで『古事記』のことを、おりおりに話し、おりおりに書くことになったのであります。その書いたものが、少し積ったのであります。

その積ったものを、まとめて参考にしてくださるというのですから、参考にしてくださることが『古事記』の正しい扱い方と味わい方の開ける道に、たとい少しでも役立つならば、これにこした喜びはないのであります。

もともと〝たましい〟というものは、物語でも言葉でもありませんし、書いたものは一つの参考材料に過ぎないことをお忘れにならないで、お読みくださることをお願いいたします。

『古事記』の本当の研究は、真剣な〝ひと〟の〝たましい〟によっていたすべきことであります。このたびまとまって一冊の本になるものが、本当の『古事記』研究の道が開ける邪魔《じゃま》にならぬよう、できるならば、少しでも本当の道の開ける塵払《ちりはら》いの役に立ちますよう、このような〝いのり〟をもって、はしがきとさせていただきます。

昭和十五年十二月三十日

阿部國治

おことわり

この本をお読みくださるについて、予《あらかじ》め知っておいていただきたいことを申しあげます。

まず、各章の配列について申しあげます。

1、《稲羽《いなば》の白兎《しろうさぎ》》とか《嫁取り競争》とかいうような題目は、何か題目があったほうがよかろうというので、仮りにつけた題目でありま す。この題目でなければならぬというものでも、この題目がいちばんよろしいというものでもないのであります。

2、『古事記』の原典として、漢文で出ておりますのは、元明《げんめい》天皇の和《わ》銅《どう》五年に出来たところの〃かたち〃であります。稗田阿禮《ひえだのあれ》の諳誦《あんしょう》して伝えておったものを、太安萬侶《おおのやすまろ》がこのようなかたちで、漢文字にうつしたものであります。『古事記』のいちばんの原典は大和民族の〝やまとごころ〟そのものでありましょうが、文字に現わしたいちばんもとの〝かたち〟がこれであります。

3、《書き下し文》とあるところについて申しあげます。

『古事記』の原典として、漢文の〝かたち〟で伝わっていたものが、国民に読むことができなくなってしまっていたものを、水戸光圀《みとみつくに》公が嘆《なげ》かれて、近代の国学の初めを起こされ、本居宣長《もとおりのりなが》先生にいたって、初めて全体を読むことを完成されたのであります。

古来、伝わっておったのは『漢文』の〝かたち〟であって、これに古（いにしえ）の訓（よみかた）と思われる読み方をつけたものに『古訓古事記』というものがあって、これを書き下したものが《書き下し文》であります。

ここに引用したものは、岩波書店発行の岩波文庫本ですから、それを参考にしてくださることを希望いたします。

4、《まえがき》とあるところは、お読みくだされればおわかりのように、一段落を書き出すについてのご挨拶《あいさつ》のようなものであります。

5、《本文》となっているところは『古事記』の原典と『古訓古事記』とを〝みたましずめ〟をして、いわば、心読、体読、苦読して〝何ものか〟を掴《つか》んだ上で、その〝何ものか〟を、なるべくわかりやすく、現代文に書き綴《つづ》ったものであります。

したがって、書物としては、ここが各章の眼目となるところでありますす。まず、ここのところを熟読玩味《じゅくどくがんみ》してくださったうえで『古訓古事記』から『古事記』の原典まで、照らし合わせて、ご研究していただきたいのであります。

6、《あとがき》とあるところは、お読みくだされればおわかりになると思いますが、『古事記』のその段落を読ませていただき、平生《へいぜい》いろいろと教え導いていただいておりますので、心の中に浮かぶことを、そのまま書き著して、参考にしていただきたいのであります。

阿部國治

第一章　ふくろしよいのこころ

原　文

故、此大國主神之兄弟、八十神坐。然皆國者、避於大國主神。所以避者、其八十神、各有欲婚稲羽之八上比賣之心、共行稲羽時、於大穴牟遅神負袋、為従者率往。於是到気多之前時、裸菟伏也。爾八十神謂其菟云、汝将為者、浴此海鹽、當風吹而、伏高山尾上。故、其菟従八十神之教而伏。爾其鹽隨乾、其身皮悉風見吹拆。故、痛苦泣伏者、最後之来大穴牟遅神、見其菟言、何由汝泣伏。菟答言、僕在隠岐嶋、雖欲度此地、無度因。故、欺海和邇言、吾與汝競、欲計族之多少。故、汝者隨其族在悉率来、自此嶋至于気多之前、皆列伏度。爾吾蹈其上、走乍讀度。於是知與吾族孰多。如此言者、見欺而列伏之時、吾蹈其上、讀度来、今将下地時、吾云、汝者我見欺言竟、即伏最端和邇、捕我悉剥我衣服。因此泣患者、先行八十神之命以、誨告浴海鹽、當風伏。故、為如教者、我身悉傷。於是大穴牟遲神、教告其菟、今急往此水門、以水洗汝身、即取水門之蒲黄、敷散而、輾轉其上者、汝身如本膚必差。故、為如教、其身如本也。此稲羽之素菟者也。於今者謂菟神也。故、其菟白大穴牟遲神、此八十神者、必不得八上比賣。雖負袋、汝命獲之。於是八上比賣、答八十神言、吾者不聞汝等之言。将嫁大穴牟遲神。

書き下し文

故《かれ》、この大國主神《おおくにぬしのかみ》の兄弟、八十神《やそがみ》坐《ま》しき。然《しか》れども皆國は大國主神を避けまつりき。避けまつりし所以《ゆえん》は、その八十神、各々稲羽《いなば》の八上比賣《やかみひめ》を婚《よば》はむの心ありて、共に稲羽に行けるとき、大穴牟遅神《おほなむぢのかみ》に袋を負わせ、従者《ともびと》として、率《い》て往きき。ここに気多《けた》の前《さき》に到りける時に、裸なる兎伏せり。八十神その兎に謂ひけらく「汝為《せ》むは、この海鹽《うしほ》を浴み、風の吹くに當りて、高山の尾上《おのへ》に伏してよ」と云ふ。故《かれ》、その兎、八十神の教へに従ひて伏しき。ここにその鹽の乾く隨《まにま》に、その身の皮悉《ことごと》に風に吹き拆《さ》かえき。故《かれ》、痛み苦しみて泣き伏せれば、最後に来ませる大穴牟遅神、その兎を見て、「何由《なにしか》も汝《な》は泣き伏せる」と言いたまふに、兎答へ言《まお》さく「僕《われ》隠岐島に在りて、この地に度《わた》らむとすれども、度らむ因《よし》無かりき。故《かれ》、海の鮫《わに》を欺きて言ひけらく『吾《あ》と汝《な》と競べて、族《ともがら》の多き少なきを計《かぞ》へてむ。故《かれ》、汝《な》はその族《ともがら》のありの随《まにま》に、悉《ことごと》に率《ゐ》て来て、この島より気多前まで、皆列《な》み伏し度《わた》れ。吾《あれ》その上を蹈《ふ》みて、走りつつ讀み度《わた》らん。ここに吾が族《ともがら》と孰《いづ》れか多きを知らむ』といひき。かく言ひしかば、欺かえて、列《な》み伏せりし時に、吾その上を蹈《ふ》みて、讀み度り来て、今地《つち》に下りむとする時に、吾云ひしく『汝は我に欺かえつ』と言ひ竟《を》はれば、即ち、最端《いやはし》に伏せる鮫《わに》、我を捕へて、悉《ことごと》に我が衣服《きもの》を剥《は》ぎき。これにより泣き患《うれ》ひしかば、先だちて行でませる八十神の命以《をも》ちて『海鹽《うしほ》を浴びて風に當り伏せれ』と誨《をし》へ告たまひき。故《かれ》、教の如為しかば、我が身悉に傷《そこな》はえつ」とまをす。ここに大穴牟遅神、その兎に教え告りたまはく「今急《すみや》かにこの水門《みなと》に往きて、水を以て汝が身を洗ひて、即ちその水門の蒲《かま》の黄《はな》を取りて、敷き散らして、その上に輾轉《こいまろ》べば、汝の身本《もと》の膚の如、必ず差《い》えなむものぞ」とおしえたまひき。故《かれ》、教への如く為《せ》しかば、その身本《もと》の如くなりき。これ稲羽の素兎《しろうさぎ》といふ也。

今者《いま》に兎神となも謂ふ。故《かれ》、その兎、大穴牟遅神に白さく「この八十神は、必ず八上比賣を得たまはじ。袋を負いたまへれども、汝《いまし》が命《みこと》ぞ獲《え》たまわむ」とまをしき。

ここに八上比賣、八十神に答へけらく「吾は汝等《いましたち》の言は聞かじ。大穴牟遅神に嫁《あ》はな」とまをしき。

まえがき

『ふくろしよいのこころ』は、漢文字にすれば『袋背負いの心』であります。

岩波書店発行の岩波文庫の中にある『古事記』の二十四頁から二十五頁にかけての〈稲羽《いなば》の素兎《しろうさぎ》の段〉にこめられている尊い教えを味わってみようと思います。

子どもに聞かす〈稲羽の白兎《しろうさぎ》〉の話は、日本人は誰でもよく知っていますが、それは、やはり子どもに聞かす話で、大人が味わうものとしては、大切なところが省略されたり、ゆがめられたりしております。

『古事記』は決しておとぎ話ではありません。おとぎ話になって、子どもたちの心の糧《かて》になることも結構ですが、おとぎ話だけにしてしまうことは、まことにもったいないのであります。

こういう理由で、ここに、大人の味わうべき〈稲羽の白兎〉の話をいたしますから、これを読み終わった後、直接に『古事記』の本文を味わって下さい。

本文

□ 稲羽の白兎

隠岐《おき》の島に、兎が一匹生まれました。これを稲羽の白兎と申します。

この兎さんは、生まれてから、だんだんと大きくなりました。そして、ある日、海岸に出て見て、海の広いのに驚きました。それから、ときおり海岸に出ては、海辺の気持ちよさを味わっておりました。

ところが、また、ある日の朝、海岸にまいりました。その日は、雲もなく風もない日本晴れのよい天気でした。兎さんはたいへんよい気持ちで、あちこち歩きまわっておりましたが、ふと海上はるかに東のほうを見てびっくりしました。兎さんは生まれて初めて、そこに本州を見たのです。

高い山も、大きな川も、広い野原もありそうな本州を見て、兎さんは、〈自分たちがいるこの島は、狭い狭い土地で、どこに行っても兎同士ぶつかってしまう。せっかく兎に生まれても、じゅうぶんに飛んだり跳ねたりすることもできないような小さな島だ。できることなら、なんとかして、あの大きな島に渡っていって、思うさま飛んだり跳ねたりしたい〉と思いました。

しかし、今日のように飛行機はないし、船はないし、泳いで渡ることもできませんので、兎さんは胸のうちに希望の心のおどるにまかせて、じっと考えておりました。

そのとき、ワニが一匹泳いできました。ワニも天気のよい日なので、気持ちよく泳ぎまわっていたのでしょう。兎さんはそれを見て
「ワニさん、ワニさん、私を向こうの陸地に連れて行ってくれませんか」

と、頼もうと思いましたが、じっと何かを考えて、目を白黒させてから、ワニに話しかけました。

「ワニさん、ワニさん、よいお天気ですね。散歩ですか」

ワニは答えました。

「よいお天気ですね。あなたも散歩ですか」

これで、両方の挨拶《あいさつ》がすみました。

そのとき、兎さんは言いました。

「ときに、ワニさん。君が住んでいる海というところは、ずいぶん広いようですが、その広いところにいる君の一族は、さぞたくさんでしょうね」

すると、ワニはたいそう得意になって答えました。

「はい、そうです。君は小さい身体で、小さい島にいるから、何も知らないでしょうが、僕の住んでいるところは日本海というのですが、この向こうには太平洋や大西洋というところもあるし、海はとても広いものです。だから、その海にいる僕たちワニの仲間は、ずいぶん多いですよ」

と、こんなことを言ったのでしょう。

そうすると、兎さんはもっともらしい顔をして

「そうでしょうね。しかし、あなた方、ワニ仲間は、一年に何度、子どもを生みますか」

ワニは

「よく知らないが、一度らしいね」

と答えました。

すると、兎さんは

「そうですか。僕の仲間は一年に三〜四回子どもを生むことができます。

そうすると、ワニさん、あなたは先刻、ワニ仲間は広い海に住んでいるから、とても多そうなことを言ったけれども、子どもを生む回数から考えると、小さな身体で、小さい島にいる私たち兎仲間のほうが、ずっと多いと思いますがね。あなたは知らないでしょうが、この島にはどこに行っても兎仲間で満ち満ちておりますよ」

と、こんなふうに言ったものとみえます。

すると、ワニは、何やら言い込められたような気がして

「そんなことがあるはずがない。ワニ仲間のほうが多いにきまっている」

と、むきになって怒りました。

兎さんは、いよいよ真面目そうな顔をして言いました。

「それでは、こういうことにしましょう。議論をしていても果てしがつかないから、一つ実験をやりましょう。明日、あなたのほうで仲間を全部集めて、この島と向こうの陸地のあの岬《みさき》の間に、ずっと並んで下さい。私が

走りながら〈ひふみよいむなや〉と数えて渡って、それからこっちに帰ってきましょう。そして、明後日は、私どもの仲間を、島のまわりに、ぐるっと並べましょう。あなたのほうで数えてごらんなさい」

　ワニは

「いいです。そうしましょう」

というので、話がまとまりました。

　翌日もよい天気だったので、ワニ仲間は約束どおりに並びました。そこで、兎さんは〈ひふみよいむなや〉と数えながら、ワニの背を渡っていきました。

　ところが、あまり長い間、暇がかかったうえに、天気もよかったので、終わりのほうにおったワニが、居眠りでもしていたのでしょう。兎さんはくるっと隠岐の島のほうを振り向いて、何を言うかと思ったら

「ワニの馬鹿ものどもが、私のために見事欺《あざむ》かれたな。仲間の数比べしよ

うなんかということはウソだ。〈骨折り損のくたびれもうけ〉というのはお前たちのことだ。これから私は隠岐の島に帰りもしないし、私の仲間を並べもしない。愚か者とは、お前たちのことだ」

とか何とか、わめきたてたのでしょう。

ところが、兎さんがあまり夢中になって、悪口の演説をやっていたものですから、ワニが目を覚まして、このありさまに気がつきました。そしてたいそう怒りました。あのものすごい歯で、ぱくりと兎さんをくわえました。

そして、あの無骨《ぶこつ》な手で、しっかりと兎さんの身体を押さえつけて、ワニ仲間に相談しました。

「おい、みんな、この兎の奴め、ウソをついて、われわれをだましたうえに、えらい暇つぶしをさせて、しかも、馬鹿だの愚か者だのと言っておったのだから、どうしよう」

そうすると、ワニの大将が

「憎い奴だ。しかし、見ればまだ若い。皮をすっかり剥《は》いて、赤裸《あかはだか》にして痛い目にあわせて、少し考えさせてやったらよかろう」

とでも言ったのでしょう。

いたずらに憤慨《ふんがい》して、海の中に投げ込むことも、殺すこともしないで、赤裸にして、陸の上に放り出しました。

気絶した兎さんが気がついたときには、自分の身体は確かに、自分がこれほど来たいと思った陸地の、気多之前《けた》というところにありました。しかし、自分の身体は、すっかり衣服を剥がれて、赤裸になっております。

兎さんは痛くて痛くてたまらないので、泣きだしました。初めは〈ワニの奴め、いくらなんでも、こんなにしなくてもよいではないか〉と思ってワニを恨《うら》んで泣きました。しかし、いくら泣いても、衣服は出てきませんし、痛みも去りません。だんだん痛くなるばかりです。

そこで、兎さんは、初めて気がつきました。〈なるほど、確かに自分が悪かった。嘘《うそ》をついてワニを騙《だま》したうえに、たいへんな骨を折らせて、お礼を言う代わりに、馬鹿だの阿呆《あほう》だの言ったのだから、これは自分が悪かった。

ワニはなぜ自分の衣服を剥いで赤裸にしただけで、海に放り込んで殺さなかったのだろう。そうだ、自分はあのとき、気絶しておったようだが、ワニは自分を反省させようとして、こうしてくれたのだな〉と、はっきりわかりました。

すっかり気がついた兎さんは、心から後悔しました。〈決して、もう嘘はつきません。人さまに迷惑をかけて、馬鹿呼ばわりはいたしません。ほんとに立派な兎になって、ワニの好意に酬《むく》いたい〉と思いました。そして、一所懸命に

「どうぞ、神さま、私の身体をもとどおりに、丈夫にしていただきとうご

ざいます」

と、あまりの痛さに我慢《がまん》がしきれず、泣きながらも、一心不乱に祈っておりました。

□嫁取り競争

さて、話が変わります。

建速須佐之男命《たけはやすさのおのみこと》のご子孫に、天之冬衣神《あまのふゆきぬのかみ》という神さまがおいでになりましたが、この神さまと刺国若比賣《さしくにわかひめ》との間に、彦神《ひこがみ》ばかり、たくさんお生まれになりました。この中の一柱《ひとはしら》の神さまを大国主命と申しあげ、その他の神さまたちを八十神《やそがみ》と申しあげます。この大勢の彦神たちは、親神さまのおいつくしみのうちに、すこやかに成長されました。

年頃におなりになったので、親神さまはご心配になられて

「あなた方も大きくなられたことですから、しっかり修行をなさって、立派な一人前になって、よい比賣神《ひめがみ》を娶《めと》られて、私どもに安心させてもらいたい」

という仰《おお》せがあったにちがいありません。

もとより、すこやかに成長せられた彦神たちのことですから、親神さまにこうおっしゃられれば、お断り申しあげる理由はないのであります。

こうして、親神さまの意向もわかってみれば、一同は喜び勇んで、よいお嫁さんをお娶りになるために、準備の修行がはじまりました。八十神も大国主命も

「彦神たるものは、こういうことが大切である」

と、めいめいお信じになるところにしたがって、修行をおはじめになりました。

これを現代の卑近《ひきん》なことになぞらえて申しあげれば、つぎのようなこと

であリましょう。

「男たる者は、バイオリンの大家たるべし」

という方もあり
「男たる者は、短距離競争のチャンピオンたるべし」

という方もありましょう。

あるいは
「マラソンの選手たることが男子の本領である」

と考えた方もありましょう。

あるいは
「男たる者は、騎馬の名手たるべし」

「男たる者は、農業の第一人者たるべし」

と考えた方もあったにちがいありません。

とにかく、それぞれ熱心に、三年五年と修行をされました。

その結果、それぞれに目指した技なり道なりについて、立派に修行がおできになったことと思います。

ちょうど、その頃、稲羽の国に八上比賣《やかみひめ》と申しあげる比賣神がおいでになりました。この神さまは名の示すように、日本一の比賣神であったと申しあげてよい方だったと存じますが、この八上比賣のことが、八十神と大国主命のところに伝わってまいりました。

そこで、彦神たちの間に
「いやしくも男神と生まれたからには、日本一ともいうべき八上比賣をお嫁《よめ》にもらわんことには承知ができないな」

という話がもち上がったにちがいありません。

もとより、どの神さまも、自分の身についた自信があるわけですから、まことにもっともなことであります。

一柱の八上比賣を中心にして、ここに大きな問題が起こったのであります。

「こちらは多数の男神で、あちらは一人の女神だが、さて、どういうことにしよう」

というような相談が行われました。

自負と自信と心臓の強さにおいて、いずれ劣らぬ彦神たちですから

「われわれはみな、天照大御神《あまてらすおおみかみ》の一族であるし、三年五年と、各々自分の信じる道について修行をしたのである。いやしくも八上比賣も、音に響くようなお比賣さまであるからには、いかなる者が日本一の男であるかということは知っているはずである。一つ、全員が勇ましく稲羽の国へ出かけて行って、八上比賣にいちばん立派な男神を、われわれの中から選んでもらおうではないか」

というような話になって

「異議なし！　異議なし！」

という結論になったものと見えます。

こうして『嫁取り競争』の旅行が挙行されることに決まったときには、八どの彦神も、みんな自ら信ずるところが深いものですから〈われこそは八上比賣の婿神になる〉と確信して、手に舞い足の踏むところを知らぬ喜びで、満たされておったにちがいありません。

ところが、太古のことですから、途中には道のないところが多いし、旅館などはむろんありませんから、そこで、旅行に必要な準備がはじめられました。

道筋を人に聞いたり、地図で調べたりなさったことでしょう。米、味《み》噌《そ》、醤油《しょうゆ》はもちろん、鍋釜《なべかま》のような道具から、寝具《しんぐ》にいたるまで、だんだんと集められたことでしょう。こうして、ほぼ準備が完了して、あと一週間か十日くらいで出発できる段階になって、誰いうともなく問題が起こってまいりました。

それは〈荷物と旅行道具をどうして運ぶか〉ということでありました。彦神八十神と言いましても〈八十人の神さま〉ということではなくて、全部ということで、誰も自ら進んで、その荷物や旅行道具の運搬《うんぱん》を引き受ける神さまはございません。それかと言って、これらの道具がなくては、旅行はできないのであります。

バイオリンの大家はバイオリンを、尺八の大家は尺八を手放すことはできぬというわけです。陸上競技のチャンピオンは、食料や寝具を背負って歩いたのでは、疲れてしまって、いざというとき走れないので、そんな荷物は背負いたくないというわけです。

そのうちに、こんなことを言う彦神が出てきました。

「自分はバイオリンの大家という自信を持っているのだけれど、出発の時期が近づくにつれて、何だか落ちつけない気持ちがする。ことに、あの大国主命の顔を見たり考えたりすると、余計に落ちつけないのだが、みんなはどうだ」

　そうすると
「自分もそうだ」

　という彦神が、ほとんどになってしまいました。

　そこで、大国主命を除いて、八十神たちが集まり、相談会をお開きになって、いろいろ協議が進められました。たいへん難しかったようですが、結局、代表者が大国主命のところへ行って、つぎのようなことをおっしゃいました。

「おいおい、貴様も、こんどの嫁取り競争には参加するだろうな」

「むろん、まいります」

「うん、結構だ。そうこなくちゃならぬ。ところで、貴様に折り入って頼みたいことがあるのだが、ぜひ一つ引き受けてくれないか」

　大国主命には、人にものを頼まれたときには、それが大事なことであっ

て、自分の力の及ぶことなら、万難《ばんなん》を排して、それを引き受けようという気持ちが満ち満ちており、それでいつも
「自分の力の及ぶことかどうか知れませんが、できることなら何でもいたしましょう」
と答えるのが、癖《くせ》になっておったとみえます。
それで、このときもまた、いつものように
「何だか知りませんが、私にできることなら、何なりといたしましょう」
と、お答えになったにちがいありません。
代表者の彦神は
「そうか、それはありがたい。どうだな、貴様は力比べをやったときに、えらい力を出して見せたことがあったが、あの倉庫の中にそろえてある旅行道具だが、大きな頑丈《がんじょう》な袋を作って、全部ひとまとめにしても背負えるだろうな」

と言いました。
大国主命は
「かなり重いでしょうが、どうにか背負えましょうね」
と、お答えになりました。
代表者の彦神は
「そうだろうな、凄《すご》い力だ。そこで、貴様にたいへん無理なことを頼むよ
うだが、実は、みんなで相談した結果なのだ。大きな袋をこしらえて、あ
の荷物を背負って行ってくれないか。ぜひ頼むよ」
と仰せられました。
大国主命は、笑いだされて
「冗談を言うものではありません。私が荷物を背負うのはまあいいとして
も、ここから稲羽の国へ行く間には、道もなく、旅館もないところが多い
のです。そのうえに必ず一度や二度の暴風雨にもあうでしょうから、旅行

道具や大切な荷物は、めいめいに背負わなければ危険です」

とお答えになりました。

そうすると、代表者の彦神は
「まあ、そういう理屈は言うなよ。バイオリンや尺八の大家も、陸上競技のチャンピオンたちも、自分で荷物を背負ったのでは技が鈍ると言うし、その他にも背中のぐあいが悪いという者もいて、こんどの『嫁取り競争』は、貴様があの荷物を背負ってくれなければ、取り止めるということになっているのだ」

大国主命は、それを聞いてびっくりされました。

そして、じっと考えておられましたが
「そういうわけでしたか。よろしゅうございます。お引き受けいたしましょう」

と答えられました。

このときの大国主命のお顔は光り輝き、お身体には力が満ち満ちておったことと存じます。

そして、大国主命は、もしもご自分がお引き受けにならないために、八十神たちが『嫁取り競争』に行く気持ちをおなくしになったら、親神たちもお悲しみになることでしょうし、八十神たちのためにもよくないことだとお考えになって、ご決心なさったにちがいありません。

ここのところを『古事記』原典の本文には

「於大穴牟遅神《おほなむぢのかみ》負袋《ふくろをせおいて》為従者《ともびととなりて》率往《いきき》」

と書いてあります。

こういうわけで、大国主命は大きな袋をお作りになって、八十神たちの荷物を全部その中に入れて、自らお背負いになりました。こうして、八十神たちと一緒に、稲羽の八上比賣のところに向かって、ご出発になりました。

大国主命ひとりが、大きな袋を背負っておられて、他の八十神たちは身軽なご様子ですから、回りからは、どう見ても大国主命は従者、つまり、お供としか見えません。兄弟の一人であって『嫁取り競争』の選手とは、お見えにならないのであります。

しかし、大国主命は、決して

「自分はお供ではないぞ」

などとは仰せになりません。

平気な顔をして、黙っておいでになります。お顔を見ましても、少しも自慢《じまん》そうな様子はなく、少しも悲観した様子もなく、少しもお怒りになった様子もなく、まことに元気よく、ニコニコしておいでになります。額《ひたい》は汗ばんで見えますが、お身体は元気に満ち満ちて、歩く足取りも軽く、まことに愉快《ゆかい》そうであります。

このようにして、大国主命は、いつも八十神たちに遅れて、ひとり後から行かれます。ときには、八十神たちの歩かれた跡《あと》が嵐《あらし》のために消え伏《ふ》せて、道をさがすのにご苦労なさったこともあるにちがいありません。

八十神たちの休息所や宿泊所とお定めになったところに、後からお着きになって、お背負いになった袋を下ろし、中から道具を取り出して、お食事やお茶の支度《したく》をなさって、八十神たちに差し上げられるのが、旅行中の慣例になったことでございましょう。

それで、八十神たちは〈これなら大丈夫だ。大国主命は『嫁取り競争』の選手とは、どう見ても落第だ〉と思って、安心しておられたことと思います。

□八上比賣

さて、このようにして、八上比賣を目指して『嫁取り競争』の旅行隊が進んでまいりますが、ここで、お話は前に申しあげた稲羽の白兎の話と、ひとつになります。

八十神たちが、勝ち誇った気持ちで進んでいかれますと、自分が犯した間違いを後悔して、泣きながら一心不乱にお祈りしている兎にぶつかりました。八十神たちは
「こらこら兎、何というざまだ。なぜ赤裸になって泣いているのだ。われわれが大事な『嫁取り競争』をしている道端《みちばた》に、貴様のような奴がいるとは、不都合ではないか。縁起でもない」

というふうにでも仰せられて、怒られたことと思います。

兎は叱《しか》られて、恐縮はいたしましたが、見れば神さまたちがおいでになったことですし、さきほどから後悔をして、一心不乱にお祈りをしておったことですから、きっと助けていただけるに違いないと思って、ありのままをお話して

「どうぞ、お助け下さい」

と、お願いをしました。

八十神たちは、兎の話を聞いておられましたが、互いに顔を見合わせながら、つぎのように仰せになられました。

「そうか。それは苦しいことだろう。よしよし良いことを教えてやろう。お前が渡ってきた浜辺へ行って、何べんも何べんも海の水を浴びなさい。そして、できるだけたくさんの塩を身体にくっつけなさい。それから向こうの高い山の峰《みね》に上って、風の吹く日向で乾かしなさい。そうすれば、きっと癒《なお》るぞ」

兎は〈妙なことを仰せになる〉と思ったのでしょうが、前には自分がワニを騙したのだし、神さまの仰せられることだからと思って
「まことに有難うございます」

と、お礼を述べて、教えていただいたとおりにしました。

もとより嘘《うそ》のことですから、癒るどころではなく、塩が乾くにしたがって、皮が風に吹き割かれて、痛くて痛くてたまらず、コロコロと転がりまわっては、泣き苦しんでおりました。

八十神たちは、どんどん進んで行かれながら

「今頃《いまごろ》は兎の奴め、定めし苦しんでいることだろう。いい気味だ。よい退屈しのぎだ。よい旅の憂《う》さ晴しだったな」

とか何とか仰せられながら、興《きょう》ぜられたことと思います。

いちばん後から、八十神たちにひとり遅れて、おいでになった大国主命が、この兎にお会いになりました。そして、兎をご覧になって

「兎さん、兎さん、いったいどうしたのですか」

と、親切にお聞きになりました。

そこで、兎は正直に、一切をお話申しあげました。大国主命はたいそう驚かれて

「それは、とんでもないことでした。私の兄弟たちが、あなたをからかったのです。すまないことをしました。そんなことをしておれば死んでしまいます。早く川に行って、水で塩を洗い流し、日陰の風の当たらないところで静かに寝て下さい。私も手伝ってあげます」

こう言って、蒲《かま》の穂を取って、それを砕いて綿のようにして、その上に兎を寝かして、介抱してやりました。

それで、兎はすっかり癒りました。

兎はこうして、目的の地に到着することができたし、ワニの親切で、ゆがんだ心は叩き直してもらったし、いままた、大国主命のお陰で、身体はもとどおり丈夫になりましたので、心から感謝し、本当に喜びました。

そして、兎は大国主命の立派さに、ほとほと感心して

「大国主命様、あなたは大きな袋をお背負いになっておられるし、八十神の後からついて行かれるし、どう見てもお供としか見えませんが、あなた

様こそ本当に立派な方でいらせられます。八十神様たちは、あなた様を出し抜くようなことをなさって、先に八上比賣様のところへ行かれましたけれども、八上比賣様はほんとうに立派なお姫さまですから、間違っても八十神様たちのなかからお婿さまをお選びになるようなことは決してございません。後からおいでになりましても、必ずあなた様をお婿さまとなさるにちがいありません」

と申しあげました。

兎もこのときには、充分に心が磨かれておって、八上比賣の心がすっかり推察できたものとみえます。

こういうわけで、八十神たちは、いろいろと術策《じゅっさく》を弄《ろう》して、先に八上比賣の家に行かれて

「八上比賣様のお宅はこちらでしょうか。われわれは天照大御神の一族ですが、あなたが日本一のお姫さまだということを聞いて、はるばるとまい

りました。われわれは三年五年と、それぞれ信ずる道に向かって修行をしてきました。どうぞ、この中からお婿さまをお選び下さい」

と、勢い込んで仰せになったにちがいありません。

ところが、八上比賣は、八十神たちのお顔をご覧になって
「私のような者を、そんなにおっしゃっていただくことは、まことにありがとうございますが、私はあなた方のところにお嫁に行くことは、お断りいたします」

と、きっぱりおっしゃいました。

この言葉には、八十神たちは定めし憤慨《ふんがい》なさったことと思います。そして
「われわれは、道もなく、宿屋もないところを、はるばるやってきたのです。それなのにあなたは、そんなふうにあっさりお断りになるのですか」

こう言って、詰め寄られたにちがいありません。

しかし、日本一の八上比賣のことですから、八十神たちのお顔にあるところの濁った光をご覧になっているにちがいないのですから、問い詰められて

「天照大御神様のご一族でいられるのなら、あなた方のお顔は、八俣遠呂智《やまたのおろち》を退治なさったときの建速須佐之男命《たけはやすさのおのみこと》様のようなすがすがしいお眼をしておいでになる方ばかりと思いましたら、そうではなくて、八俣遠呂智と思われるような怖い目つきの方ばかりでいらっしゃいますから、お断りいたします」

とでもおっしゃったのでしょう。

しかし、八十神たちも、それくらいの返事では承知なさらないで、ぎりぎりのところまで、話が進んでしまいました。

それで、八上比賣は、はっきりと、つぎのように仰せになりました。

「皆さまのように、どんないろいろな技をご修行になっても『嫁取り競争』

というような、この上もない大事な真面目な旅行にお出かけになるのに、その旅行に必要な道具を、ご自分でお背負いにならないような方は、本当に真面目な人とは思いません。

それにひきかえて、大国主命様は皆さまの嫌がる荷物を全部お引受けになって、どう見てもお供としか見えないのに、平気な顔をして、しかも、いつも皆さまより遅れて、ひとりでおいでになっております。

それだけではありません。

皆さまは稲羽の兎にお会いになって、何をなさいましたか。あの兎は後悔をして、泣いて祈っておったのであります。ワニすら、その兎を殺しはしませんでした。それなのに、皆さまは兎をおからかいになって、慰《なぐさ》みものになさったでしょう。大国主命様はそれを後からおいでになって、親切にお治しになってやったのでございます。あなた方は、不真面目な呑気《のんき》な方々で、まだ本当に立派とは申しあげられません。

ですから、できることなら、私は大国主命様のような方のところにお嫁入りしたいと思います」

この八上比賣の言葉に対して、八十神たちは、一言も弁解できなかったことと思います。

「日本一のお姫さまは、なかなかしっかりしたものだな」

というようなことを話し合いながら、お帰りになったことと思います。

このようにして、大国主命と八上比賣との間に、婚約が整ったのであります。

あとがき

『古事記』の〈稲羽《いなば》の素兎《しろうさぎ》〉の段を、現代の大人にも納得できるように書き述べると、だいたい以上のようになると思います。

『古事記』の本文にある以外のことを、いろいろ書き加えましたが、本文の真意を失わないように注意しながら、真意が明瞭《めいりょう》になるという念願を中心に書き加えました。そのつもりで注意して読んでいただければ、書き加えたところはそれとわかるように、気をつけて書いたつもりです。

『古事記』は大和民族の理想信仰を、ごくごく簡単につづめたものですから、一言一句の中にも、深遠な意味の、長い間の生活体験からくる教えがたたみ込まれておりますので、その一言一句に限りない味わいがありますだけに、私が書き加えたところに、誤りがないとは申されません。お気付きの点があったら、どなたでもご教示のほどをお願いします。

　さて、以上に掲げた本文をお読みくだされば、どなたにも要点はおわかりになることと思いますが、なお《あとがき》という形で、この説明をさせていただき、ともどもに『ふくろしよいのこころ』を味わってみたいと存じます。

〈稲羽の白兎〉のお話は、その中に表現されている事柄から申しますと、ただ単に昔あったところの事実を物語っているのではありません。大和民族がつかみとった信仰や、実現しようとする理想を現そうとしているのであります。

　隠岐の島に兎がおったかどうかわかりません。日本海にワニがおったかどうかわかりません。隠岐の島から本州までのあいだに、ワニが並ぶかどうかわかりません。赤裸になった兎が生きていられるかどうかわかりません。

しかしながら、われわれの先祖は、そんなことはいっこうに問題にしないで、この中に含まれている信仰と理想を味わいながら、それを実生活のうえに実現してきたのでありました。それで、私も先祖の仕方にしたがって、このお話にふくまれているところの信仰と理想を味わってみたいと思います。

□ 袋背負いの心

まず『ふくろしょいのこころ』からはじめます。

大国主命は八十神たちが荷厄介《にやっかい》に思われ、面倒に思って嫌われた旅行道具を一切引き受けて、大きな袋にお入れになり、これを背負われました。この袋を背負われる気持ちが非常に大切だと思います。

「できるだけたくさん、人さまの世話をやかせていただくことが立派なことである」

と、教えられているのであります。

「できるだけたくさん、他人の苦労を背負い込むことを喜びとせよ」

と、教えられているのであります。

しかも、この教えを徹底的に明らかにするために、大国主命は、お供になっておられます。お供になるというのはどういうことかと申しますと、これは、人さまの世話をしたり、人さまの苦労を背負い込んだりすると、自らの心のうちに喜びを感ずるだけではなくて
「自分はこういうことをしてあげているのだから偉いな」

という誇りの気持ちが起こってまいります。

それだけではなくて、相手の人や世間から
「これだけのことをしているのだから、感謝してくれるのはあたりまえではないか」

という気持ちさえ起こってくるものです。

このように、人さまの世話をやかせてもらって偉いと自分で思ったり、世話のやき賃を求めたりするようではいけない、と教えられているのであります。

「これは大事な仕事である。しなければならない仕事である」

と思って、その仕事をするなら、それでもうすべてなのであります。

その仕事をすること、それ自体が喜びであり、感謝なのであります。仕事の中では、人さまの苦労を背負うことが、いちばん大切な仕事でありす。これが大和民族の受け持ちの考え方、本分という考え方であります。

したがって、袋を背負ってお供になって行く場合に、決して元気を失ってはいない。愉快な気持ちでニコニコしておられます。袋を背負って、お供になったために、人から遅れたからと言って、泣き顔をするようではダメであります。

これが『負袋為従者率往来《ふくろをしよいともびととなりていきき》』のこころであります。

□大和魂

このような心、言い替えれば、大和魂はほんとうは誰の中にもあるものだと思いますが、

「大和魂はどういうものだか説明せよ」

と言われても、なかなか説明しにくいものであります。

本居宣長《もとおりのりなが》先生などは、ほとんどその全生涯を、大和魂の究明に過ごされましたが

敷島《しきしま》の　大和ごころを　人とはば
　　朝日ににほふ　山ざくら花

という和歌をお作りになっております。

私どもの心のうちに大和魂が動きだしてから、この和歌を読みますと、〈なるほど〉とうなずけますけれども

「それでは、この和歌を説明してごらんなさい」

と言われたら、なかなか説明はしにくいのであります。

こういう説明のしにくい大和魂を

「大和魂はこういうふうにすれば動き出す」

というふうに説明しているのが、この『ふくろしよいのこころ』であると思います。

私ども大人は、青年や少年に向かって

「偉くなりなさい」

と言います。

私ども大人も、青少年時代には

「偉くなりなさい」

と言って、励まされたものですが、この〈偉くなりなさい〉ということの意味が、どうもはっきりしていない場合が多いと思います。ときには、間違っている場合もあると思います。

そのために、青少年たちは〈お百姓よりは官吏《かんり》、会社員のような、月給取りになることが偉い〉と思うようになります。官吏の中では〈ヒラよりも課長が偉い〉と思い〈課長より部長が偉い〉と思うようになります。軍人になるなら〈兵卒より将校が偉い〉と思うようになります。

こうして、日本人同士の間に、偉くなる競争が始まり、犠牲者もたくさん出るようになります。

つまり、間違った目標を立てて、無理な競争をした結果、どういうことになるかというと、成功した人たちは〈自分の力で成功した〉と思って、自惚《うぬぼ》れの気持ちを起こします。成功し損なった人たちは、表面はおとなしくしておりますが、内心は成功した人たちを羨《うらや》みながら、反抗心をもっております。こうして、世の中は、自惚れの人たちと、卑屈《ひくつ》の人が多くなりますから、不安定な気持ちの悪いところとなります。

こんなことになってきた原因をたずねてみると、農工商というような職業上の分担や、同じ職業内にある組織上の地位の差と、真の偉さというものが間違いやすいものだから、その間違いをしているわけです。

もう一つは、明治時代にイギリスから伝わってきた『ダーウィンの進化論』という理論があって、さらにそのうえに自由主義という考え方があったために、いよいよ間違った競争主義、成功主義を煽《あお》ることになったと思うのです。

これに比べると、私どもの先祖が教えてくださった《ふくろしよいのこころ》は、まことに立派なものであります。

この教えから言いますと、ヒラ社員はヒラ社員で立派な職分ですから、ヒラ社員の《ふくろしよいのこころ》でやればいいのでして、偉いか偉くないかは《ふくろしよいのこころ》の自覚の程度と、その実行の程度で決まってくるのであります。

ヒラ社員だから偉くない、課長や部長だから偉いということはありません。課長や部長はなおさら《ふくろしよいのこころ》を忘れてはならず、社長であれば、いっそうこれを徹底しなければならないのであります。

たとえば、昔の軍人でも乃木《のぎ》大将のような大和魂の権化のような方は、決して他の人たちと出世争いなどはしていないと思いますし、西郷さんでも、吉田松陰《しょういん》先生でも、二宮尊徳《そんとく》先生でも、みんなそうで、偉くなったり有名になったりする競争は決してしておられません。

ただただひたすらに、真心を尽くされただけで、この真心が現実に活動するときには、必ず《ふくろしよいのこころ》となって現われます。

西郷さんが明治の元勲《げんくん》になろうなどという志を立て、いつもそれを忘れないでおられたなら、決して勤皇僧・月照《げっしょう》と一緒に錦江湾《きんこうわん》に飛び込んで、心中などしなかったと思うのです。そのときの西郷さんの胸中は、それこそ〈明鏡の如《ごと》し〉で、何もなかったでしょう。

しかし、その何もなかったところを推し量《はか》ってみると、勤皇僧・月照を生かしておくことができないような、当時の世の中の汚れと、薩摩藩の汚れを黙ってしよいこんだまでだと思います。それが、西郷さんの真心なのであります。

その西郷さんも乃木大将も、顕職《けんしょく》を離れると、田舎に行って、お百姓をしているのですから、面白いではありませんか。それはそのはずです。農業という仕事が、仕事の中ではいちばん《ふくろしよいのこころ》にかなう仕事であり《ふくろしよいのこころ》を養うのにいちばんよい仕事なのであります。

この《ふくろしよいのこころ》を多分に持った人が村長さんになっておれば、その村はよい村であるに違いありません。これに反して、他人の間違いは少しも許さないが、自分の間違いは隠しておくような人や、他人がどんなに損をしても、自分さえ都合がよければよいというような人が、村長さんになったり、校長さん、村会議員、代議士などになっておれば、その世の中は、大和魂に雲がかかっているのであります。

あるいはまた、日本国中どこへ行っても、一家の主婦を『お袋様』と呼びますが《お袋様》とは〈家の中で最も大きな袋を背負っている方〉ということであります。

こう申しますと

「そうではない。家の中でいちばん大きな袋を背負っているのは父親だ」

という人があるかも知れません。

なるほど、父親と母親が一つの〝おや〟として、家族の袋、家に集中されてくる国家の袋を背負っていることは確かであります。父親と母親の間に、いずれも勝り劣りはありますまい。しかし、私自身も、父親と母親のうち、どちらかにこの《ふくろしよいのこころ》の実行者として、名をつけなければならないとしたらば、やはり母親のほうに《お袋様》という名は献上するのが当然だと信じております。

女というものは、実にご苦労様なものであります。親としても、妻としても、ご苦労様なことであります。このことがわかった男が、本当の男であると存じます。

親はどんな親でも、子どもの世話をやいているときには、無条件であります。子どもが子どもであるから世話をやくのであって、別に子どもから感謝されようとか、よく思われようがために、世話をやくのではありません。

親が子供に対して

「よい子だ」

と言うのは、本当は〈子どもというのは、実にいいものだ〉ということなのであって、決して〈この子はいい子だ、あの子はその次にいい子だ〉という意味ではありません。子を産んで、自分の子どもとの間に生じた親子関係というものをじっと見つめて、容易に動きだしたところの《ふくろしよいのこころ》に驚き喜ぶのが親であります。この意味において、親という文字は、この貴い事実に対する〝おや！〟という驚異を意味する音からできたものと考えてよいのであります。

自分の子どもがどんなになろうと、たとえば、病気で虚弱《きょじゃく》になっても、あるいは何かの罪を犯して世の中からつまはじきされようとも、親たることをやめようとする親はありません。どこまでも子どもの苦労を背負っていこうといたします。また、そこに生き甲斐《がい》を感じているのであります。

この親心は、たしかに大和魂の現われに違いないのであります。

「子を持って初めて親の恩がわかる」

ということも、子を持ってみて、初めてこの心が動くのを、はっきりと体験するから申すのでありましょう。

孝行ということは、親の中にある《ふくろしよいのこころ》を、はっきりと知ることであると思います。この心さえわかれば、親の恩ということも、真面目ということも、勉強しなければならないことも、自ずからわかってくるのであります。

□ 大黒様

さて、大国主命の御名は、もとの言葉の意味から言いますと〈国の主《あるじ》となって然《しか》るべき方〉ということであります。ここで言う国とは、必ずしも国家のことを言うのではありません。家庭、村のようなものを指しております。つまり〈本当に立派な方〉ということであります。

この大国主命のことを、いつか大黒様《だいこく》と申しあげるようになりました。

そして、事代主命《ことしろぬしのみこと》のことを恵比須《えびす》様と申しあげるようになりましたが、事代主命のお話は、別の機会にゆずるといたします。

大国主命の大黒様は、ほとんど日本国中で、いろいろな形式で、国民から信仰され親しまれております。そして、大黒様として絵に描かれたり、彫刻されたり、焼き物になったりしている大国主命のお姿を拝見いたしますと、大黒様は背中に大きな袋をお背負いになって、手には打ち出の小槌《こづち》をお持ちになって、どっかりと、米俵《こめだわら》の上に乗っておられます。米俵は二俵の場合も三俵の場合もありますが、お顔はニコニコとした笑顔でおられます。

このお姿について考えてみますと、これは、いままで皆さまと一緒に味わってまいりました《ふくろしよいのこころ》を現わしていて、あの袋の中には、この世の中のあらゆる心配ごとや、苦労なことや、難しい問題が入っているのであります。この袋を背負っておられる心は、本当の親切心、本当の愛の心であります。

手にお持ちになっている打ち出の小槌は、この親切心とか愛の心を実践するために必要な、方法とか道具を現わしております。

したがって、この打ち出の小槌が、衣服や食物や財貨を産み出す槌と考えられることは、必ずしも誤りではないと思いますが、背中の袋の意味を忘れて、ただ〈宝物を産み出す〉と考えては誤りになりましょう。

足の下に踏まえた米俵は、人類の生活物資、つまり、衣食住の材料全部の象徴であります。全部を絵に描いたり、彫刻することはできませんから、米俵をもって、その意味を現わしているのであります。

つまり、大黒様の図は
「真心、愛の心によって、技を動かし、それによって、衣食住の材料を産み出しなさい」

ということを、現わしておるのであります。

日本国中の農業者が大黒様を拝むのは、もっともだと思いますし、それからまた、大黒様を台所にお祭りするのも、まことにもっともなことであると思います。

したがって、台所の主宰者である主婦が、物を粗末にするようなことがあれば、あの打ち出の小槌は、そういう主婦の頭を打つ槌となるのであります。あるいは、貴い衣食住の材料、それを作り出した人の心持ちを尊重せず〈もったいない〉と思わないで、ただいたずらに、自己の金儲けの方便として扱う商工業者がいると、やっぱり、あの小槌で打たれるのであります。

そういうわけですから、橘曙覧《たちばなのあけみ》という歌人が『大国主命』という題で

八十神に　ひとりおくれて　負ひたもふ
　袋にこもる　千のさきはひ

という歌を作ったのも、もっともなことでして、まことに味わうべき歌

であると思います。

人の子の罪をあがなうために、十字架に上られたキリストの道も、人の子の四苦を見かねて出家され、覚者となられて衆生済度《しゅじょうさいど》を説かれたお釈《しゃ》迦《か》様の道もありがたいことですが、お母さまをお袋様と言い、家の中心の柱を大黒柱と言い、大黒様の像を作って、台所にお祭りして、それに親しんできた大和民族の歩んだ道も、まことに結構ではありませんか。

「袋を背負うんですよ」

「そうですね」

これだけで、お互いに難しい理屈を言わなくても、わかるではありませんか。

□ 弥栄《いやさか》の心

つぎに《いやさかのこころ》について申しあげます。

兎が小さい隠岐の島におったとき

「ある日、大きな陸地が見えたので、そちらに行きたくなったとさ」

というふうに、子どもに話して聞かせたとき、子どもは〈なるほど、そうだろう〉と首肯《うなづ》きます。この〈もっともだ〉と首肯かせる力が、われわれの心の中にあって、それが《いやさかのこころ》であります。

小さかったら大きくなろう、狭かったら広いところへ出ようとするのが、自然の人情であって、子どもと大人をとわず、いつも動いている心の姿で、これを希望とか向上とか言っております。しかし、この希望だとか向上ということは、大人になって、文字を習わなければわかりません。

「希望を失わないことが、人生の生活上の大切なことだ」

と教えるのは、西洋流の言い方ですし

「向上心を失うな」

と教えるのは、東洋の儒教流の言い方で、これと同じことを、われわれの祖先は、隠岐の島の兎の話で教えているのであります。

そして《いやさかのこころ》を素直に動かすことと、いわゆる、偉くなることとは別であって《いやさかのこころ》というのは、ありのままの生命の活動の姿であって、決して理屈でも言葉でもないのであります。自己の速やかな生長発達を喜ぶように、他人の生長発達を喜ぶ心であります。

□嘘つき

つぎに《うそつき》についてて申しあげます。

兎はワニに対して、嘘をついております。そして、ワニに戒められております。嘘というものは、発達した言語を持っている人間がいちばん上手につくようで、動植物の中で、人間がいちばん嘘つきの名人のようであります。

しかしながら、人間の生活が成り立つためには、なんといっても嘘を言わないで、ありのままであることが大切であります。子どもが親に嘘をつくようでは、子どもの生命は育ちません。夫婦の間に嘘があっては、家庭の生活は成り立ちません。児童が先生に嘘をつくようでは、教育は行われません。

けれども、人間で生まれてから一度も嘘をついたことのない人は、おそらく一人もないでしょう。何べんも何べんも嘘をついて、親父ワニ、お袋ワニ、先生ワニなどに教えられて〈嘘というのはいけないものだ〉ということを、はっきり知るようになります。〈嘘〉と〈恥ずかしいことを言わないこと〉との区別を、はっきり知るようになります。

したがって、考えてみれば、われわれみんなが稲羽の白兎であって、白兎が嘘をついたと思ったのは誤りで、嘘つきはわれわれだったのでありま す。大人になっても、子どものように嘘をつかないではおられない人たち は、みんな一種の病人で、そういう病人がたくさん集められているところ が刑務所であります。

ワニに叱られ、八十神に鍛錬《たんれん》され、大国主命に甦《よみがえ》らせていただいた兎を、 兎神としてお祭りしているのが、鳥取県の白兎神社であります。

自分が嘘をついたら、叱っていただくのが本当で、叱られても、自暴自 棄して死んではいけません。他人が嘘をついたことに気がついたとき、そ れにへつらって、一緒に嘘の上塗《うわぬ》りをしてはいけません。嘘を〈嘘だ〉と 気づかせてやらなければいけません。

しかし、決して、嘘という罪を憎むあまり、他人を立つ瀬のないような 目にあわせることはいけません。立場を失うようなことをしてはいけませ ん。むろん、殺してはいけません。これが、赤裸の兎の話のなかにこもっている禊（みそぎ）の心であります。

第二章　あかいだき

原　文

故、爾八十神怒、欲殺大穴牟遅神、共議而、至伯伎國之手間山本云、赤猪在此山。故、和禮共追下者、汝待取。若不待取者、必将殺汝云而、以火焼似猪大石而転落。爾追下取時、即於其石所焼著而死。爾其御祖命、哭患而、参上于天、請神産巣日之命時、乃遣𧏛貝比賣與蛤貝比賣、令作活。爾𧏛貝比賣岐佐宜集而、蛤貝比賣待承而、塗母乳汁者、成麗壮夫而出遊行。

於是八十神見、且欺率入山而、切伏大樹、茹矢打立其木、令入其中、即打離其氷目矢而拷殺也。爾亦其御祖命、哭乍求者、得見、即折其木而取出活、告其子言、汝有此間者、遂為八十神所滅、乃違遣於木國之大屋毘古神之御所。爾八十神、覓追臻而、矢刺之時、自木俣漏逃而云。

書き下し文

故《かれ》ここに八十神怒りて、大穴牟遅神《おおなむちのかみ》を殺さむと共に議《はか》りて、伯伎國《ははきのくに》の手間の山本に至りて云ひしく「赤き猪この山に在るなり。故《かれ》われ共に追い下しなば、汝《なれ》待ち取れ。もし待ち取らずば、必ず汝を殺さむ」と云ひて、火をもちて猪に似た大石を焼きて、転ばし落としき。ここに追ひ下すを取る時、その石に焼き著《つ》かえて死にき。ここにその御祖《みおや》の命、哭《な》き患《うれ》ひて、天に参上りて、神産巣日之命《かみむすびのみこと》に請《まを》したまふ時に、乃《すなわ》ち蚶貝比賣《きさかいひめ》と蛤貝比賣《うむきひめ》とを遣《つか》はして、作り活《い》かさしめたまふ。ここに蚶貝比賣、刮《きさ》げ集めて、蛤貝比賣、待ち承《う》けて、母《おも》の乳汁《ちしる》を塗りしかば、麗《うるわ》しき壮夫《をとこ》に成りて、出で遊行《あそ》びき。

ここに八十神見て、また欺《あざむ》きて山に率《い》て入りて、大樹《おほき》を切り伏せ、茹矢《ひめや》をその木に打ち立て、その中に入らしむる。すなわち、その氷目矢《ひめや》を打ち離ちて、拷《う》ち殺しき。ここにまた、その御祖《みおや》の命、哭《な》きつつ求《ま》げば、見得《みえ》て、即ちその木を折りて、取り出で活《い》かして、その子に告げて言ひしく「汝《いまし》此間《ここ》にあらば、遂に八十神のために滅ぼさえなむ」といひて、すなわち木國《きのくに》の大屋毘古《おほやびこ》神の御所《みもと》に違《たが》え遣《や》りき。ここに八十神覓《ま》ぎ追ひ臻《いた》りて、矢刺し乞ふ時に、木の俣より漏《く》き逃がして云《の》りたまひき。

まえがき

《あかいだき》は、漢文字にすれば《赤猪抱き》で、赤い猪を抱きかかえるという意味であります。

　これは、前回の《稲羽《いなば》の素兎《しろうさぎ》》の段のつづきにある事柄で、このことが中心になると思いますので、これを題にいたしました。岩波文庫の『古事記』の第二十五頁の十一行目から、第二十六頁の七行目までのところであります。

　前回と同じように『古事記』の本文を現代文に書きつづりまして、それを読んでいただき、つぎに、その中に含まれている心を味わってみたいと思います。

本文

□ 赤猪抱き

八上比賣《やかみひめ》が大国主命に感心なさったのは、当たり前のことで、それでこそ八上比賣の名にふさわしいのであります。

大国主命は立派な方ですから、みんなの嫌がる荷物も、大切な荷物だと思いましたので、大きな袋に入れて背負ってきたのですが『嫁取り競争』の選手たることを断念したのではありませんから、大国主命と八上比賣との間に、婚約が整ったことは当然のことであります。

八十神《やそがみ》たちは、八上比賣に出会って、その仰せになることを聞いてみれば、比賣の言い分はまことにもっともなことだと思われたにちがいありません。比賣に出会って、比賣から断わりを言われたときには、さすがに八

上比賣のおとなしい中にこもる力強い光に威圧されて
「もっともなことだ。大国主命に譲ろう」

とうなずいて、お帰りになったのでありましょう。

しかし、お帰りになって、思い出してみると、八上比賣の立派さが、いよいよ八十神たちの心を打ったにちがいありません。慕わしさが募ってきたにちがいありません。

そのように、八上比賣に心を魅《ひ》かれるにしたがって、その八上比賣の心を得ている大国主命が羨《うらや》ましくなります。ところが、羨ましいうちはまだよいのですが、とうとうそれが憎しみに変わってまいりました。

しばらくの間は
「つまらないな」

「うん、つまらないな」

「仕方がないな」

「うん、仕方がないな」

というような会話が取り交わされておったのでしょう。

あるいは
「八上比賣なんか、なんだい、あんなおかめが……」

「ほんとに、そうだな、八上比賣なんて言うが、やっぱりおかめだよな」

というような会話も、あちこちで聞かれたのでしょう。

しかし、なかには
「おかめだなんて悪口を言っているが、やっぱり八上比賣は立派だなあ」

と独りごとを言って、ため息をついておった方もあったにちがいありません。

ところが、しばらくたちますと
「癪《しゃく》にさわるな」

と仰せになった方がありました。

そして、この〈癪にさわるな〉という気持ちが、だんだん八十神たちの間に広まっていき、とうとうこの気持ちが、八十神たちの間に蔓延《はびこ》ってしまいました。

このような気持ちが動き出しますと、なかなか元にもどることは難しくて、とうとう行き着くところまで行ってしまいました。

「大国主命の奴、憎らしいな」

と言い出す方ができて

「本当にそうだな」

という気持ちになって、八十神たちの心は怒りに燃え立つことになってしまいました。

お母さまの刺国若比賣《さしくにわかひめ》は、お子さまたちの、稲羽からお帰りになってからのこのような様子を、どんなにか胸を痛めて、ご覧になっていたかと思います。

八十神たちは、つまらながるならば、自分たちご自身に対して、つまらながるべきであったでしょう。八上比賣を〈おかめだ〉などと言うなら、その前にご自分たちが〈ひょっとこ〉であることを、思うべきだったと思います。瘡にさわるならば、ご自分に対して瘡にさわるべきであったと思います。このことにお気付きにならなかったために、とうとう、とんでもないことになってしまいました。

間違った怒りの心に燃え立った八十神たちは

「何とかして、大国主命の奴を殺してしまおうではないか」

という相談をはじめました。

こうして、こそこそ何回かの相談会が開かれて、大国主命を殺す方法について、協議が進められました。

ところで、伯伎《ほうき》の国に手間山《てまやま》という山がありました。

この山の中に大きな赤い猪がおって、山に薪《たきぎ》を取りに行った人や、その山の中を通る旅人に危害を加えたり、麓に出てきて畑を荒したり、里人を驚かせたりするという噂が伝わってきたのでしょう。

この赤猪のことを、八十神たちは利用して
「われわれみんなで、赤猪を退治してやろう」

ということになり、そのことを広く天下に知らせました。これだけならまことに結構なことと申さねばなりません。

そして、赤猪退治に出発して、手間山の麓につきました。あれほど、世間に言いふらした赤猪退治ですから、堂々と開始すればいいのに、そうはいたしませんでした。

それどころか、いよいよこれから猪狩りをはじめるという時になって、突然に八十神たちは大国主命に申しました。

「おいおい、貴様も知っているとおり、今日はこれから、大勢の人間に危害を加える猪を退治しようというわけだが、貴様はこういう役割を受け持ってくれ。

貴様は非常な力持ちだから頼むのだがな。これからわれわれは、この山の上に登って、みんなで猪を取り囲んで、麓のほうに追い下ろすから、貴様は麓で待っていてくれ。

われわれは、猪をどんどん追いつめて、貴様が待っている上のところから〈そら猪だ！　そら猪だ！〉と、大声で叫び追い下ろすから、貴様はその猪をしっかりと捕まえてくれ。

天下に鳴り響いた大猪だし、それも珍しい赤猪だというから、剣で斬ったり、突いたりして、殺してはいけない。腕でもって、しっかりと抱いて捕まえてくれ。生け捕りにして、みんなに見せてやろう。

この役割は、貴様のような力持ちでなければ、なかなかできるものではない。抱き捕まえてくれれば、今日の第一の手柄者は貴様ということになる。われわれとしては、貴様に手柄を譲るのは残念な気もするけれども、この役割は貴様にやってもらうよりほかに仕方がないのだ。そのかわり、こんどの狩の大事な役割だから、やり損なったら承知しないぞ。貴様を殺して、世間にお詫びするから、そう思っていてくれ」

こんなふうにおっしゃったのでありましょう。

大国主命にしてみれば〈八十神たちの顔色や目付きが、どうもこの頃、おかしいな〉と、気が付いておられたにちがいありません。そこへ、この難題ですから〈これは何かあるな〉とお気付きになったのでしょう。しかし、もうそのときは、猪退治が始まる直前でしたので、議論をしている場合ではありませんでした。

大国主命は、いつものように

「よろしゅうございます。やりましょう」

と、簡単に答えて、引き受けられました。

八十神たちは

「うん、そうか、それで安心した。しっかり頼むぞ」

と言って、山の上に登っていきました。

大国主命は、八十神たちがガヤガヤ話をしながら、消えていくその後ろ姿を眺めながら、何かしら寂しい気持ちになりました。そして、この頃の自分と八十神たちの間にある、まずい感情のゆき違いについて、じっと物思いに沈みました。お母さまの刺国若比賣の悲しそうなお顔も思い出されました。

しかし、これはごく短い間のことです。大国主命は八十神たちに受け持たされた自分の任務を、どのようにして果たそうかと、いろいろ工夫を凝らし始めたに違いありません。

赤い大猪を手取りにするには、どういうふうにしたらよいかと、いろいろ工夫を凝らした結果、確実に捕らえるのには、どう考えてみても、牙にかからないようにして、抱き取るよりほかに方法がないので、牙にかからないで、しっかりと抱きかかえる方法をいろいろ考えて、手間山の麓で、赤猪の狩り出されてくるのを、真剣に待っておられました。

一方、山の上に登っていった八十神たちは、しばらくの間は、あちこちと赤猪を探しているような様子でしたが、そのうちに八十神たちは、大国主命がさっきから待ち構えている麓からつづく、ちょうど真上になる尾根のところにやってきました。

そして、柴《しば》や枯木をたくさん集めて、どんどん火を燃やし、その火の中に、付近にあった猪に似た大きな石を転がし込みました。こうして、その大石をどんどん焼きました。

大石がすっかり焼けた頃になると、山の上から、八十神たちは一斉に大声を出して
「猪だ！　猪だ！」

とわめきたて、その大石をごろごろと転がし落とし、猪を追うようにし

て下りてきました。

大国主命は〈さあ、来たぞ〉と思って、しっかりと身構えましたが、一瞬、大国主命の心の中には〈何か変だな〉という感じが動いたに違いありません。

しかし、すでにしっかりと腹の決まっている大国主命は、少しも心を動かしませんでした。全身の力を込めて、凄《すご》い勢いで転がってきた大石をしっかりと抱き止めました。

そのために、大国主命の身体は、たちまち、その大石にじりじりと焼かれてしまいました。

こうして、大国主命は、お亡くなりになりました。

八十神たちは、大石を抱いてお亡くなりになっている大国主命のこの有り様を見て、すっかり焼け死んでいることを確かめて、そのまま放りっぱなしにして、手間山から引き揚げていきました。

お帰りになってから

「赤猪を退治してやろうと思って、狩りをやったところが、大国主命の奴め〈猪を生け捕りにする〉と引き受けておきながら、かえって、赤猪にやられてしまったらしい。もしそうだとすれば、大国主命には気の毒だが、赤猪を退治できないで残念だった。いつかまた、そのうちに退治に出かけよう」

というようなことをおっしゃったのでしょう。

□泣き憂い

お母さまの刺国若比賣は〈どうも変だ〉とお思いになりました。猪退治に出かける前から、ご心配になっていたところ、八十神たちだけお帰りになって、大国主命の姿が見えないので、ご心配のあまり、手間山に行って、ご自分であちこちと探してごらんになりました。

そして、大石をお抱きになったまま焼け死んでいるむごたらしい姿をお見つけになった刺国若比賣は、大国主命の死骸《しがい》にとりついて、お泣きになりました。

刺国若比賣には、すべての事情がお察しになられたに違いありません。そして、心の奥底からお泣きになりました。認めないわけにはいかないこの事実を、じっとお認めになって〈この悲しい気持ちをなんとかせねばならない〉と、心をいっぱいにして、真剣にお泣きになりました。

母親でありながら、お子さまたちのこれほどに激しい兄弟喧嘩をどうすることもできずに、じっと見ていなければならなかったことを、心から悲しまれました。いちばん本当の仕事をしてくれそうに思われた大国主命が、こんな悲惨《ひさん》な姿で亡くなっておられるのを見ては、泣かずにはおられませんでした。

それで、刺国若比賣は、母親としての務めを果たし得ないことの悲しさと苦しさとが、ひしひしと胸を打ったことと思います。

須佐之男命の〈勝《かち》さび〉を見畏《みかしこ》まれて、天岩屋戸《あまのいわやと》にお籠《こも》りになって、ひたすら泣き憂《うれ》いあそばされた天照大御神《あまてらすおおみかみ》のお諭《さと》しを、お思い出しになったことと思います。

こうして、刺国若比賣が真剣にお泣きになっておりますと、その真心が通じまして

「高天原《たかまのはら》に舞い上ってきて、神産巣日之命《かみむすびのみこと》様にお願いしなさい」

という天照大御神のお声が、どこからともなく聞こえてきました。

それで、刺国若比賣は、このお声を聞くと、直ちに高天原に舞い上って行きました。

刺国若比賣は、神産巣日之命にお目にかかって、すべてのことを、ありのままに申し上げられ、ご自分の不行き届きのことも、お詫びになったに

違いないと思います。そして、大国主命を生かしてくださるよう、お願い申し上げました。

神産巣日之命は、丁寧にすべての事情をお聞き取りになって
「よろしゅうございます。お引受けいたしました。私が活動してよいだけのすべての条件が備わってきました。いまや、私は自分の受持ちを果たさねばなりません。すぐに仕事を始めますから、あなたはどうぞ、このままお帰りになって、ご自分の受持ちをしっかりと守ってください。

しかし、あなたもご承知のように、一般の人々に対しては、私の身体は見ることもできず、また、考えることもできないのと同じように、私の仕事の仕方は、まったく見ることも知ることもできない場合がありますし、あるいは、目に見えても、まったく理解のできないような形で行われますから、さようご承知のうえ、どうぞ、お帰りください」

というふうに仰せられました。

そこで、刺国若比賣は
「はい、よくわかりました。ありがとうございます。それではよろしくお願いします」
とおっしゃって、お喜びになって、現《うつ》し国にお帰りになったのであります。

□蚶貝比賣《きさがひひめ》と蛤貝比賣《うむぎひめ》

刺国若比賣は、お帰りになってから、大国主命が生き返られるのを、じっと待っておいでになりました。どんなにか慎《つつし》み畏《かしこ》まれて、大国主命が生き返られることを、お待ちになっておられたことかと察せられます。大国主命の復活を、待ちに待っておられたのであります。

すると、ある日、どこからともなく、お比賣《ひめ》さまが二人やってまいりま

した。そして
「私たちは蚶貝比賣《きさがひひめ》と蛤貝比賣《うむぎひめ》というものです。ご覧のとおり、私たちは赤貝と蛤《はまぐり》でありますが、大国主命様のお身体を見せていただきにまいりました」

と申しました。

こうおっしゃったかと思うと、そうするのがいかにも当たり前であるような様子で、大国主命様のお死骸の介抱を始めました。

蚶貝比賣は、自分の身体から粉を出して、それを焼き焦がしました。蛤貝比賣は、自分の身体から水を出しました。それから二人のお比賣さまは、その水に粉を溶かして、ちょうど母乳の乳汁のようにして、それを大国主命のお身体に塗り始めました。

その妙な薬が塗られますと、大国主命のお身体は元通りになりました。この仕事が終わると、二人のお比賣さまはかき消すように見えなくなってしまいました。
よく見ますと、大国主命は、そのお顔つきと言い、お身体のご様子と言い、元の大国主命に比べると、はるかに見事でありました。その大国主命のご様子を『古事記』の本文には
「麗壮夫《うるわしきおとこ》」
と書いてありまして、これを本居宣長《もとおりのりなが》先生は《うるわしきおとこ》と訓《よ》んでおられますが、大国主命はその《うるわしきおとこ》になられたのであります。

□いであるき

お母さまの刺国若比賣の喜びは、どんなであったことでしょう。
こうして、大国主命様は再び《ふくろしよいのこころ》を持って、あち

らに行き、こちらに行き、従前《じゅうぜん》にも増して、活動を遊ばされたのでして、これが《いであるき》であります。

八十神たちは、大国主命は死んだものと思っておりました。ところが、どうしたことか、前にも増して《うるわしきおとこ》になって、どうどうとして活動しておられるものですから、これを見た八十神たちの心は、ますますひねくれて、怒りに燃え立ち、そこでまた、いろいろと謀略《ぼうりゃく》をめぐらしました。

ある日、また、山に一緒にまいりました。

そして、大きな樹木を伐り倒し、その木に割れ目を作って、そこに楔《くさび》を打ち込みました。それから、大国主命を欺《あざむ》いて、木の割れ目に入らせ、その楔を外してしまいましたから、大国主命は潰されて、お亡くなりになりました。

刺国若比賣は大国主命のお姿が見えないので、いろいろ尋ねてみると、八十神たちがまた、大国主命をお殺しになったことがわかり、あちこちとお探しになりましたが、こんどは大国主命の死骸を容易にお見つけになることはできませんでした。

やっとのことで見つけ出しましたが、この有り様ですから、急いで木の割れ目から、大国主命をお取り出しになりました。

刺国若比賣が《泣き憂い》の心で、一所懸命になって、これだけのことをしておいでになりますと、その真心がまた神産巣日之命のところに届いたのでありましょう。

大国主命を生かすことができました。

□ 死なぬ修行

刺国若比賣は、再び《うるわしきおとこ》になられて、生き返られた大

国主命に対して

「本当に悲しいこと、申し訳のないことですが、八十神たちの心をどうすることもできません。二度までもこういうことがあってみると、今後、何回こういうことが繰り返されるかわかりません。おしまいには、あなたが八十神たちに滅ぼされてしまいましょう。そうなっては、八十神たちのためにもよくないことです。

けれども、八十神たちに、何か反省を求めてみたところで、仕方がありません。どうしても、あなたに考えてもらうより他にないと思います」

と仰せになりました。

大国主命は

「わかりました。私にできることなら、どんなにでもいたします」

と、お答えになりました。

刺国若比賣は、たいそうお喜びになりました。

と申しますのは、八十神たちのほうにこそ不都合が多いのですから、お母さまの刺国若比賣は、八十神たちにこそ歪《ゆが》んだ心の矯正《きょうせい》をお求めになってよいはずと考えられないこともないのであります。

ところが、大国主命は、素直に一切の責任を、ご自分がお背負いになって

「私にできることなら、どんなにでもいたします」

と、お答えになったのであります。

大国主命様は、どこまでも《ふくろしよいのこころ》で、行動をしようとしておられるのであります。

そこで、刺国若比賣は

「あなたは、これからすぐ大屋毘古神《おおやびこのかみ》様のところに行って、しっかりと、殺されない修行をしてきて下さい。そうしたら、八十神たちが、あなたを山に連れて行って、だますようなことはできないでしょう」

と、仰せになりました。

大国主命は

「はい、かしこまりました。そういたします」

と言って、急いで木の国に行かれ、大屋毘古神のもとで、修行しておいでになりました。

ところが、八十神たちはこのことを知りまして、みんなで後を追いかけて行きました。そして、大国主命が一所懸命に修行しておられるところを見つけて、弓で射殺そうといたしましたが、これを知った大国主命は、巧みに木の間をくぐって難を免れました。

こうして、大屋毘古神のところでご修行なさったために、殺されることは免れたものの〈このように逃げ回ってばかりいるのでは仕方がない〉と思われたのでありましょう。

大屋毘古神のもとを立ち去られて、お母さまの刺国若比賣のところに、

お帰りになりました。そして、ありのままをお告げになって

「大屋毘古神様のところの修行だけでは、どうしても足りないと思います。

これから私は、どうしたらよろしいでしょうか」

と、ご相談になられました。

あとがき

以上、書き綴《つづ》りましたところを、お読みくだされば、大要はおわかりになることと思いますが、なお二、三のことを申し上げまして、ご参考にしていただきます。

□一つの公案

この項目の中心は《あかいだき》であると思いますので、これについて申し上げます。

さて『古事記』の物語を、あっさり読みますと、大国主命が赤猪をお抱きになって、亡くなられることは、不公平と申しますか、道理に合わぬと申しますか、情けない気持ちのする悲しいことであります。しかし、じっと考え、よく味わってみますと、かえってそこに、私どもの先祖が体得した〝こころ〟と、深いお諭しのあることが、はっきりとわかるのであります。

八上比賣が大国主命に心をお魅かれになったのは、当たり前のことで、したがって、大国主命と八上比賣とが婚約を結ばれたのは、最もよいことなのであります。

これに対して、誰も文句を言ったり、苦情を言ったりすべきものではありません。みんなが喜んで婚約の成立を支えてよいのであります。ところが、この物語では、正しい道を歩いている大国主命が、間違った道を歩いている八十神たちのために〝赤猪〟を抱かされて、お亡くなりになるのであります。

ここを、じっと考えていただきたいのであります。

そして〈なるほど〉と頷《うなず》いていただきたいのであります。つぎの説明をお読みになる前に、ご自分でここのところを会得していただきたいのであります。

禅宗では公案を扱いますが、ここのところでは、大和魂を会得するための一つの公案としてよいところであります。しかし、そんなことばかり言ってもおられませんから、以下に説明をさせてもらいましょう。

□ 何回も何回も

この《あかいだき》の示しておることとは、当たり前のこと、正しいこと、世の中のためになることを行う者は、すぐには世間から誉められたり認められたりはしないものであるということであります。

それどころか、良いことをすると、そのためにかえって憎まれて、悪口を言われたり、酷《ひど》い目に遭ったりするものであります。《ふくろしよいのこころ》を持って、仕事をしていくと、赤猪を抱かねばならぬ場合があります。《ふくろしよいのこころ》の窮《きわ》まるところは、死の覚悟であります。

道に合うことを実行するに当たっては、何人に認められずとも、あるいはまた、さらに進んで、そのために憎まれ嫌われて、死なねばならぬことも、黙って進んで行かなければならぬこともあって、こういういろいろなことを、お諭しになっているのであります。

親が子どもの面倒を見るのは、子どもが何も知らないからであります。子どもに嫌がられても、怒られても、お湯にも入れれば、顔も洗ってやります。食べたいものを食べさせなかったり、嫌がる薬も飲ませます。

子どもが何もかもできたり、知っておったりしては、子どもらしくなくて、まことに困ったものであります。何もわからぬ子どもに、文句を言われながら、その面倒を見るので、親の真心は通じるのであります。
世間のこともそれと同じで、みんな大人になった子どものようなものであります。そこで、先の見える人や、ものの真相の見える人は、他人から何と言われても〈こういうことはこうせねばならぬ〉と信ずることは、率先して実行したり、人に教えようとするわけです。
そうすると、一般の人からは
「物好きだ」
と言われたり
「気違いだ」
と言われたり、ときには迫害をすら受けることになりますが、これも一種の《あかいだき》であります。
したがって、昔から、本当の仕事をするときには
「神さまを相手にせよ」

とか、あるいは
「天を相手にせよ」

とか申します。

このように〈神さまや天を相手に仕事せよ〉ということは〈人間のことは考えるな〉ということではないのであります。

結局、人間を相手として、人間のためにする仕事ですけれども〈当面する人々の気持ち、主張を取り上げておったのでは、本当の仕事ができない場合がある〉ということ、つまり、この赤猪抱きのことを教えているのであります。

こういうことを、ここに書くのはどうかと思いますが《あかいだき》をはっきりわかってもらうのに、まことによい材料になると思いますから申し上げます。筧克彦《かけいかつひこ》先生などは、世間の人々が神道とか国体ということに、まったく無関心の頃から、そのいちばん酷かった頃を通して、三十年以上も長い間、あらゆる障害をものともせずに進んでこられました。

そのために
「神さまをおがむ先生だ」

「それも、柏手《かしわで》を打って、神さまをおがむ先生だ」

と言って、大学教授（東京帝国大学）の仲間からも、学生からも、嘲笑《ちょうしょう》はもちろんのこと、気違い扱いにされてきました。

一頃《ひところ》は、大新聞や大雑誌に、先生の噂話が出ると、決まって、もの笑いの種としてでありました。

日本歴史の上に例を取ってみますと、楠木正成《くすのきまさしげ》公のことがすぐ思い出されます。正成公の湊川《みなとがわ》での戦死は、立派な《あかいだき》であります。

西郷さんには、島津藩侯による島流しがありましたし、勤皇僧・月照との心中事件、十年戦争（西南の役）など、何回も何回も《あかいだき》をやっております。

吉田松陰《しょういん》の生涯も《あかいだき》の連続でありました。

このように教えてきますと、日本歴史の上で、立派な日本人として伝えられているような人は、例外なく《あかいだき》を実行していると言ってよいと思います。

□麗しき男

それならば、この《あかいだき》をいたしますと、後はどういうことになるかと申しますと、この点でも『古事記』の示しておるところは、実に面白いと思います。

大国主命がお亡くなりになって、八十神たちはそれでよいと思っておられるのに、お母さまの刺国若比賣が真剣に泣かれます。

そして、この〝泣き憂い〟の真心が高天原に通じまして、神産巣日之《かみむすびの》命《みこと》が蚶貝比賣《きさがひひめ》と蛤貝比賣《うむぎひめ》とをお遣わしになって、大国主命を活かします。そして、大国主命は《うるわしきおとこ》になって、出歩かれるのであります。

ここのところを、味わってみましょう。《ふくろしょいのこころ》を持って《あかいだき》をいたしますのは、それによって、名を得ようとも、利を得ようとも思ってはおりません。ただ、その場合の、自己の本分を実行しているだけであります。いわば、無念無想の行動、三昧《さんまい》の行動であります。

しかし《まごころ》を持ってする仕事は必ず実を結ぶものであります。何人かが必ずその真心に感ずるものであります。何人が、いつ、どこで感じるか、それはわかりませんが、必ず《まごころ》は通ずるものであります。

これが、神産巣日之命という、目にも見えず、声にも聞くことができない天《あま》つ神《かみ》が現われて、大国主命をお活かしになるわけであります。だから蚶貝比賣や蛤貝比賣という、ちょっとわけのわからぬお使いが遣わされて、珍しい仕方で大国主命をお活かしするということは、本当に〈なるほど〉と頷ける、意味の深いところなのであります。

そしてまた、大国主命が

「うるわしきおとことなりていでおあるきき」

というところが、実に味わうべき事柄であります。

このことを、理屈を言わないで、日本歴史上に例を取ってみますと、楠木正成公は湊川で《あかいだき》を決行いたしましたが、現在、大和民族の心のうちに《うるわしきおとこ》として、生き働いておられます。

この正成公の場合、蚶貝比賣と蛤貝比賣の役割を果たしたのは、水戸光《みとみつ》圀《くに》公でありました。光圀公によって『大日本史』の編纂《へんさん》が行われるまでの長い間、正成公は目にも見えず声にも聞こえぬ神産巣日之命のもとで活動しておりましたが、光圀公が出て、はっきりと正成公を《うるわしきおとこ》として、出《い》で歩かせたのであります。

西郷さんの場合には、この《あかいだき》が、実によくわかります。いちばんおしまいの十年戦争の例を取ってみますと、十年戦争は赤猪ですが、この赤猪を抱かせたのは、明治維新政府と西郷さんのお弟子さんたちでしたが、西郷さんは黙って、この赤猪を抱きました。その結果、身体も死んだし、名誉も死にました。そして、西郷さんは国賊《こくぞく》ということになりました。

しかしながら、大和民族の中に流れる根本精神は、西郷さんが日本歴史の一転回のために《あかいだき》をしたのだということを、まもなく、はっきりとしないではおきませんでした。

いままでは、西郷さんと言えば〈本当の大和魂を持っておった人である〉ということを誰も疑いません。これは《あかいだき》によって、身体も名誉も失った西郷さんが、立派に大西郷として生き返って《うるわしきおとこ》となって、出歩いておられるのであります。

つまるところ《あかいだき》は永生の道であります。死んで死なぬ道であります。だからこそ《あかいだき》の実行は、平らな安らかな心でできるのであります。《あかいだき》を実行すれば必ず《うるわしきおとこ》となって、出歩いておられるのであります。

人の意識に上り、人に知られると否とは、まったく別問題であります。それは神産巣日之命にお任せしておけばよいのであります。

したがって《うるわしきおとこ》とは、名高い人ということでも、名を成すということでもありません。無名の正成公、無名の西郷さん、無名の乃木さんが、それこそ無数にいるわけであります。

そういう人たちがいるからして、その人々の代表者として、有名な正成公や、有名な西郷さんや、有名な乃木さんができるわけであります。

それだからこそ、これらの人たちが神社に祀られて、日本人のみんなが参拝するのであります。

□ むすび

だからこそ

「立派に人になって、歴史に名を残すようになりましょう」

と言うよりは

「必要とあらば《あかいだき》をやりましょう。そして《うるわしきおとこ》となって出て歩きましょう」

と言うほうが、われわれ日本人には、はっきりと響くはずであります。

それから《うるわしきおとこ》には誰でもなれるものですから、大国主命が大樹の割れ目に挟まれて、二度目にお亡くなりになるところは《あかいだき》というのは、なかなか一回ですまないことを現わしておるのであります。

それから、刺国若比賣《さしくにわかひめ》が木の国の大屋毘古神《おおやびこのかみ》のもとに、大国主命を修行におやりになったのは《ふくろしよい》と《あかいだき》の正しいやり方を、八十神たちに求めないで、大国主命に求めておいでになるのでありまます。

つまり《ふくろしよい》や《あかいだき》は、自ら死んだり、他人を悪者にするのが目的ではないのですから、できるだけ自ら死なぬ修行が必要であります。刺国若比賣が八十神たちにこの修行を求めないで、大国主命に求めているのは、味わうべきところであります。

これは

「《ふくろしよい》や《あかいだき》の心がわかった人たちは、先にわからしてもらったのだから、それだけ余計に骨を折っていくことになる」

という、当然のことを言っておるのであります。

わかった人たちが、自分がわかっていながら「他の人たちがみんなわかるまで待っていて一緒にやる」というのでは、世の中の人たちは、いつまでたっても、わかってくることにならないのであります。

＊

終わりに、一言つけ加えておきます。

この段落の中で、もう一つ注意すべき事柄は《泣き憂い》と《𧏛貝比賣と蛤貝比賣》のことで、これは、人類文化の進歩という面から考えてみるとよいのですが、このことについては、改めて別のおりに申し上げたいと思います。

改編に際して

阿部國治《くにはる》先生は、私の心の師であります。

直接に学んだのは、昭和十八年から二十年まで、十八歳から二十歳までの三年間ですが、以来、五十有余年、私の心の中は、常に、先生の教え、指導原理が占めておりました。

なかでも、原始日本人の叡智《えいち》と祈りの結晶ともいうべき『古事記』に題材を求めた『ふくろしよいのこころ』は、阿部國治先生の渾身《こんしん》を込めての著作であります。

初版は、昭和十五年に出版され、発行部数は二万六千部を超えましたが、昭和二十年の敗戦を機に、絶版の形で今日に到っております。

その間、日本の国は、高度経済成長期を経て、物質的には有史以来の豊かさを謳歌《おうか》しておりますが、その反面、心の問題が疎《おろそ》かにされて、結果的に、精神復興の声が野に満ち満ちております。

このような状況下で、再び、原始日本人の叡智に人々の目が向けはじめられました。言い替えれば、日本人のアイデンティティーが問われはじめたのであります。

阿部國治先生の著書『袋背負いの心』に、再び光が射しはじめた、復権の兆しが訪れたと言っても、過言ではありません。

ただ『ふくろしょいのこころ』が世に出されたのは、戦前の昭和十五年ということもあって、漢字・仮名遣いなどの扱いが、現代の読者にそぐわない面もあって、ご遺族・長男の弘雄様のご諒解《りょうかい》を得て、改編という形の手法を加え、改めて世に問うことにいたしました。

阿部國治先生の言葉を借りれば〈御魂鎮《みたましず》めをして、味わい取った心の感動を、言葉にし、文字に変えることは、至難の技〉であり、その間違いの多きを懼《おそ》れますが『ふくろしょいのこころ』を、広く皆さまに味わっていただくために、あえて改編に踏み切ることにいたしました。
編者の微意をお汲み取りいただければ幸いです。

平成十一年三月

栗　山　　要
（阿部國治先生門下）

〈著者略歴〉
阿部國治（あべ・くにはる）
明治30年群馬県生まれ。第一高等学校を経て東京帝国大学法学部を首席で卒業後、同大学院へ進学。同大学の副手に就任。その後、東京帝国大学文学部印度哲学科を首席で卒業する。私立川村女学園教頭、満蒙開拓指導員養成所の教学部長を経て、私立川村短期大学教授、川村高等学校副校長となる。昭和44年死去。主な著書に『ふくろしよいのこころ』等がある。

〈編者略歴〉
栗山要（くりやま・かなめ）
大正14年兵庫県生まれ。昭和15年満蒙開拓青少年義勇軍に応募。各地の訓練所及び満蒙開拓指導員養成所を経て、20年召集令状を受け岡山連隊に入営。同年終戦で除隊。戦後は広島管区気象台産業気象研究所、兵庫県庁を経て、45年から日本講演会主筆。平成21年に退職。恩師・阿部國治の文献を編集し、『新釈古事記伝』（全7巻）を刊行。

新釈古事記伝 第1集
袋背負いの心

平成二十六年四月二十九日第一刷発行
令和四年十一月二十日第六刷発行

著者 阿部國治
編者 栗山 要
発行者 藤尾秀昭
発行所 致知出版社
〒150-0001 東京都渋谷区神宮前四の二十四の九
TEL（〇三）三七九六―二一一一
印刷・製本 中央精版印刷
落丁・乱丁はお取替え致します。 （検印廃止）

ISBN978-4-8009-1034-9 C0095
ホームページ http://www.chichi.co.jp
Eメール books@chichi.co.jp